# とはに戦後

*Azuma Junko*

東淳子歌集

青磁社

＊目次

## 晩夏拾遺



## 時の形見

収録作品五〇〇首
口絵　松生歩「雲の通い路」

# とはに戦後

# 晩夏拾遺

聖戦ありき

みづからの手を汚さざる司令者が命ずる「正義の聖戦」ありき

祝祭の花火のごとく敗戦のかの日の蟬がはじけ鳴くなり

すぎこしの映像ズーム・アップされますすぐ戦が近寄りてくる

ロボットの如く雨中を行進の軍靴のひびく敗戦記念日

兵士らを乗せし無蓋車停る駅あらず戦地に直行したり

正義なる名の冠せられ殺人者英雄となる過程がありぬ

犯罪者ならず兵士は堂堂と国家公認の殺人をなす

にんげんのからだに〈神(しん)〉とよぶ部分ありて神経を病みたる兵士

直接に手をくださざる殺人はすべて兵器のしわざとするか

飛び道具使ひて殺(あや)められし者紙より軽くいのち散らしき

国のため戦はされて殺されし殺されつぱなしのかの兵士たち

無名戦士と一括さるる人達の親の付けたる名はいかにせし

蒸発といふ死ありけむ戦争に散華の父ら骨ものこさず

戦没者墓地に殺しを命じたる大将の墓ひときは立派

出征のまま還らざる父たちの木の墓標群朽ちて久しき

天の川ほどにはるけくかの兵らつぶつぶおのれ光らせゐたり

死者たちへ手向くるものは花ばかりその沈黙にたれもが触れず

二十歳(はたち)にて戦死をとげし兵たちの未完の時間(とき)をおもひこそやれ

勝つことがすべての戦　いにし世に負けて勝つとふ戦法ありき

勝利者を讃美する世に敗れたる者らはしんと声なかりけり

## 戦後終らず

泣くよりも悲しき泪身にしまふ母が独りで背負ひし戦後

身の丈にあまる労苦を背負ひこし寡婦らの背中老いて曲がりぬ

切り株のごとくに低く太く生く戦後の村に働く寡婦ら

陽のあたる縁に座りて婆(ばば)たちは死ぬるまで息(こ)の還り待ちゐき

襷(たすき)かけ小旗をふりて夫らを送りし婦人会の妻たち

絶滅危惧種さながら生くる世の隅の昭和の戦争未亡人達

戦争は昔むかしのことなれど寡婦らの戦後いまに終らず

## 晩夏の記憶

鉛筆の芯のごとくにわが内に棒立ちをする戦の記憶

父の亡き子らをつくりし戦争の七十年後を今に父無し

毬つきに唄ひし軍歌の歌詞の意味いまさらわかるとてもなにせむ

節電をしつつ学びし貧困の戦後の冬の温き湯たんぽ

洞窟の集団自決に究極の幸福感のありしや否や

熱湯へぶちこまれたる泥鰌（どぢやう）らの死してその身の浮かれあがりく

被害者も加害者ならむ敗戦の民らのたれぞたれに詫びたる

ごめんではすまぬ過ちばかりなるこの世それにてまかり通れり

犯したるなべての罪が赦さるとしてもその罪消ゆるにあらね

とりかへしつかぬ過ちみな過去へ押しやる速さ加速しやまず

騙さるる人の側へとひそやかにわれの怒りはかたむきてゆく

戦争も平和もあらね足裏に踏みしめてゐる泥の感触

閉ざしたるまぶたの裏を照らしだす凶火(まがつひ)しかと夢ならず見る

原子炉の火の燃やさるる地球上逃げ場なんどはなくとも逃ぐる

戦ひのいつさいあらぬ未来図を描かばそこに人間居らず

戦後七十年

憲法の九条ありて戦争をしらぬまま経しわが七十年

らしいといふ価値蔑(なみ)されていちはやく女がらしさを脱ぎたる戦後

スカートの丈いくたびも上下する戦後生れの女の足を

飛行機のタラップに手を振りしかのミニスカートの首相夫人は

今どきの女子会、戦中の婦人会、ともになにやら虫が好かない

戦争を知らぬ若者知る老いと明闇濃ゆくかたみを分かつ

戦中の美徳なりにし「辛抱」が反転したる世の若者ら

辛抱をせぬ子とさせぬその親と親子の顔はかくもよく肖(に)る

戦中に不良少年少女らのいでこざりしときけばかなしゑ

戦中の飢ゑをしる子らそのままに国家の後期老人となる

## 昭和の家族

一斉に畜舎の牛も山羊も啼くひもじきかなや里の夕べは

障子紙張りかへ秋の祭待つ戦後の村の家家の灯(ひ)よ

放し飼ひの鶏（とり）の卵を里の子は宝さがしのごとく集めき

田園を煙吐きつつゆく列車手をふる子らもともに走りき

原つぱに日の暮るるまで遊びゐし子らは高価な玩具をもたず

とほき日にたしかにききし音なりき蛇の目の傘の上にふる雨

マンマイサンアンと朝日に手を合はす祖母の皺む手孫の小さき手

親たちの会話のはしに付きてゐる「おかげさま」子らも口まねをしき

親たちの口まねをする「おかげさま」意味などしかと子らはしらねど

仕舞風呂、一番風呂といふことば昭和のとほき家族にありき

廃園に取り残されし柿の木に来ては鴉が熟実をつつく

朽ちはてし村の鎮守の暗森を野の生きものら栖としたり

菜の花の咲きゐし里の遍路道　舗装路となり車が奔る

四国をば鷲摑みする大橋の伸びきたれるをたれもおそれず

親ひと世四国を出でずわがひと世この海国(うなぐに)を出づるなからむ

緑濃き故郷の浜の松並木わがのちの世も在りて在りなむ

白昼の夢幻の闇を打ちてゐるわがふるさとのとほき海鳴り

誕生日

幼年の日へ復ち返る晩年はことばを持たぬものこそよけれ

甘美なるあくがれ幼き日に読みし捨て子物語のかの主人公

甘やかな毒をふふめる捨て子なることば幼きこころを射たり

父母すでに亡くしてわれの誕生日いまさらいづちむきてたださむ

今日といふわが誕生日これの世のどなたが教へくだされしとも

ざまみろとおのれに対きて吐き捨つる科白いかにも似合ふをりある

虚実皮膜のまに在る一生わたくしのはじまり知らずをはりの見えず

## 瑞穂の国

あきづしま瑞穂の国のはじめより民のくらしに米と水あり

水張田（みはりだ）に稲を育てし水清きみづほの国の青人草（あをひとくさ）ら

水張田に四這（よつばひ）になり草をとる百姓の背を夏の陽が焼く

ふるさとの稲田の上を渡りゆく夏風青き生きものめきて

透きとほる風の姿をうつしつつ稲田のみどりさわぎやまざる

うつつとも夢ともつかず夕闇の青田の上をただよふ蛍

水張田に逆さに映るふるさとの低き連山夏姿せり

白飯(しらいひ)に梅干のある日日(にちにち)を孜孜(しし)と働ききたりし親ら

水呑百姓

水こそは無上の旨きものならめ名水とよぶ水の湧く国

究極の旨さは水にありといへ水呑百姓と祖ら蔑(なみ)さる

ただひとつ浪費ゆるされたる湯水　母らゆたかに使ひきたりぬ

米洗ひ清めて炊けるわれの手が亡き母の手にふともかさなる

ひやひやと夏は冷たく冬温き水の生きゐしふるさとの井戸

迎へ水と母らいひたり凍りたる朝のポンプをよびさます水

釣瓶にて汲みあげし水ポンプより水道水となりて水死す

水良くば米旨くなる日の本の水を汚して国栄えこし

ほしいまま水飲みてゐる若者ののみどがくゝ、くゝ、とほがらかに鳴る

## 粥と梅干

行平(ゆきひら)に夕べ煮えたつ白粥のはつかの濁りとてもあらざる

粥といふ食ひものを煮て夜のふけの独りごころの底あたたむる

白粥の煮えたつ音をききてゐるただそれのみのわたくしの耳

ふくふくと煮ゆる白粥ひたすらに見てゐるまなこ濡れてきたりぬ

煮えたてる米の匂ひとその味とかそけきものは身に沁みとほる

白粥をみたす木の椀じんわりとわが手のひらをあたためくるる

白粥に梅干をおくひと椀は簡素きはまるけふの贅沢

日の本にわれは生れていつの日も身ぢかに在りし粥と梅干

うすぐらき土間に据ゑたる大壺にたくはへられてありし梅干

白飯(しらいひ)に梅干の乗る弁当を「日の丸弁当」とよびてゐし子ら

弁当の蓋に付きたる米粒もあまさず箸に子ら拾ひたり

白飯は戦死の父の仏前にあしたあしたを供へられたり

## 大人の遊び

いちはやく戦後の村に入りきたる競輪パチンコ大人の遊び

いづこにもあるパチンコ屋一生に一度も入らず母みまかりき

生涯を苦役の母よ贅沢に遊ぶひと世といづれ欲（ほ）りせし

銃もたぬ世の男らが真剣な目つきで弾くパチンコの玉

ひとりにて遊ぶパチンコ男らに遠慮は無用女もまじる

パチンコの玉を弾ける男らの並ぶ背中がどこか侘しい

パチンコといふ単純な遊びにもその名のとほる名人がゐき

片仮名にかくパチンコといふ名にはいかなる意味のあるともしらず

パチンコといへるよび名のをかしいかわが耳穴のコソコソゐらぐ

雑踏のパチンコ店のむかひ側　本日医院は休診日なり

# 時の形見

のちのおもひに

輪郭の白き晩夏の雲湧きてとほく死者らが甦りくる

無の力ありとしるべしうつし身のわれを支へてくるる死者たち

かの人の煙となりて昇りたる天上界の果ての蒼蒼（さうさう）

そのいのち使ひつくして逝きし人　われはもろ手を合はすほかなき

寒き部屋に入りて声なき骨壺をただなんとなく撫でて出でくる

わがしらぬかなしみなども染みつける骨かことりと音に知らする

酒の精その屍（かばね）にも宿りゐむ遺骨幽かな彩（いろ）もてりけり

今といふ刻がわが身のをはりまでつづくこの世に死者に時なし

声もたぬ君のこゑをばききとらむ心耳（しんじ）いただく身とこそおもへ

死者に対き独り言いふわたくしは狂（たぶ）れびとになりたかりける

思ひ出はみな生きてゐし日日のこと亡き人に今思ひ出あらず

わたくしが忘れ去りなばかの人は三千世界に在り処（ど）うしなふ

背をむけて歩む背中がふと温し死者の視線か冬の陽射か

無防備に素手にわたしは生きゐるとたつたひとりに告げたかりけり

先に逝く幸せとその不幸せかたみにもちて二人生きたり

## 酒仙

不老不死のうま酒あらば飲むべきかはたまた君に注（さ）すべかりしか

下戸ゆゑの大損をする生涯につぎ上手とはいつしらになる

徳利の首かたむけてとくとくとうま酒そそぐ至福のときぞ

あれこれを仕上げぬままに人は逝くせめて美酒なとわれにつがせよ

酒のまば酒に呑まるるまでを飲む人なる業（ごふ）をただに見てゐつ

うま酒につかひはたせる金銭のつかはざらばの仮定を言ふな

人の世の美酒悪酒魔酒こんこんと尽きせぬ味をこそは讃へめ

# 日月抄

## 〈Ｉ〉

庭のなき高層の家「家庭」とは申しあぐるにいささか苦し

犬猫の飼へぬ高層住宅のいづれの家か赤子を哭かす

清浄野菜さながら高層住宅に育てられゆく幼きものら

いまだ死を知らぬをさなご空なかの家へは死者も穢(けがれ)も入れず

背に負ひて子守する子をみかけざり君らは背負ふ弟妹もたず

貧乏人の子だくさんとぞその昔ありし言葉を子らは知らざる

さういへばてるてる坊主つくる子もつるせる軒もここには無かり

合壁の向かうに住める隣人の顔はみしらず知る用もなく

親と子の老老二人住むといふ壁のあちらは音とてもなし

## 〈Ⅱ〉

足どりを地上より消しのぼりゆく昇降機にてたれにもあはず

昇降機ぴたり閉づれば身ひとつは柩に入りて昇るここちす

樹上なる鳥の巣箱に似てをらむ出入口ただひとつあく家

蠅も蚊もゐぬ高層のわが部屋に蜚蠊(ごきぶり)どももおそれいでこず

なに用に入りこし蜂かわが部屋を盲めつぽふ飛びていでゆく

窓したをとぶ雀らはわれよりも地上に生くるものらと親し

飛ぶ鳥を見おろして住むわれはいつ禽獣よりも偉くなりたる

地上ゆく物売りの声よびとむるすべのなきまにいづちかへ去る

空なかのわれの住処をたしかむとなけれど地上におりて見あぐる

高層の灯さぬ部屋に満ちてゐる天地の間（あひ）のほのじろきやみ

〈Ⅲ〉

空なかの独りぐらしにきつかりと時間を告ぐる時計を置けり

家におく時計のわづかづつの誤差あへて合はすることなく暮す

ひとり身はこの世に怖きものもなしことさら自分自身に不敵

こはいものしらずのわれは真裸で部屋の鏡のまへをよこぎる

遠吠に犬吠ゆる夜ぞおもひきりくしやみするとてたれはばからぬ

たましひの塵も沈むとおもふまでわが独り居に声を使はず

刺客ほどの孤独をもちて高層の栖に独りひんやりと居る

わたくしは所詮わたくし蝸牛やはらかき角いだし這ふ夜も

たれもみな人は独りをことさらに「おひとりさま」と分けて呼ばるる

みづからに許せばなべて許さるる独りで生きて暮すといふは

いにし世の晴耕雨読をせし人ら富む者なるか貧者なりしか

怠惰をばけふの無上の贅沢となしてわが身の許されてゐる

〈Ⅳ〉

空なかの部屋にわが身を横たへてしまらく天の月と対きあふ

高層の部屋に射し入る月光の壺中にねむるひとりのねむり

空(くう)をまふ落ち葉のごとく切れぎれの夢が夜ごとの身を通り過ぐ

なにひとつ思ひいだせぬ夢などをねむりては見るわたくしならむ

真夜中のめまひのごとく過ぎ去りしみじかき地震(なゐ)を醒めておもふも

あかときの明星ひとつひそやかにわれの目覚めをみとどけて消ゆ

ひんがしゆ昇る朝日に空なかのわが部屋全裸のごとく照らさる

高層のドアの口より入れらるる朝刊はわがひと日の世間

天空をゆく月と日とうつし身の唯一無二の伴走者にて

青垣の嶺を日に日に昇りくる朝日をわれの暦としたり

## まほろば

〈青春〉

春の雪白くやさしくわが窓をただに過ぎゆく時間のかたち

国原は菜の花の黄の真つ盛り　大和時間に霞かかりて

霞たつ大和平野にやはらかく大和三山身を寄せあへり

大和盆地美酒かもされて麗しき三輪のお山もほろ酔ひきげん

春風（はるかぜ）は地上の風よ空なかの　春風（しゅんぷう）ひかりの刺をふふめる

草木の芽立ちの春はうつし身の病らちぢに醒むる気配す

いつせいに万朶のさくらひらきたるただ今といふ時のいただき

さくら花見下ろしをれば舞ひあがりくるひとひらの使者ありわれに

さくら色とひとつによべど蕾より散りゆく花へ万色うごく

山道を春が驀進したる跡白く桜の花散り敷けり

〈朱夏〉

生駒嶺(いこまね)に落つる夕日がまよこから奈良の都を照らすつかのま

とろとろと灰汁より濃ゆくおりてくる夕深闇に沈む大和は

すきとほる音色となりて風鈴が闇の真芯に鳴りゐたりけり

木犀の散りつくしたる木のめぐり幽かに花の磁場なしてをり

ゆく夏の時分の花に身は涼し朝顔の紺夕顔の白

純白はこはき色かも夕顔も白蓮も女の名前にありて

蟬の声夏より秋へ鳴き移る衰へゆくは澄みゆくに似て

〈白秋〉

雲ひとつなき蒼天をふり仰ぐ今秋今日のただ今のわれ

ふり仰ぐわれの頭上に九天は絶対といふ力をもてり

率川(いざかは)の社(やしろ)の老いし鴉らは昨日のつづきのごとく鳴きをり

るるりりと虫鳴きいづる高層のわがベランダの闇のはなやぎ

かずしれぬ虫鳴きしきるくらやみにあなや尊く仏もまさむ

ひと夜さを来てベランダに鳴きゐたる小さきいのちの正体しらず

天上をゆく鳥雲と親しみてわが空住みの秋去れば冬

〈玄冬〉

冬こそは奥ゆきふかき季(とき)ならめ　玄冬期とは晩年の謂(いひ)

煤煙の如くふる雪地につくや白一色に野をおほひたり

静かなる雪夜となりて鹿眠る春日御山の神のふところ

冬眠をする獣らの無為の時間(とき)大切ならむ何にもまして

高層の住処に音の入りきたる雨に音なき降りはじめあり

独りきく冬の夜の雨二人してききたる同じ寂しさに降る

ベランダの手摺に並ぶ露の玉昨夜（よべ）の音なき雨が置きゆく

## 空に鳥雲

ひかり号に乗るや居眠る天空の果てまでもゆく夢ごこちして

対向車すれちがひざま圧縮をさるる時空にわが挟まるる

特急の列車をつかひ行く旅はいかなる得になるともしらず

急ぐものなにも持たざる旅に会ふ路傍の石も草もひそけし

たれかれの手が触れてゆく道のべの石の地蔵の小さき頭（つむり）

裏道を抜けゆくごとし人の死につひぞ出会はぬひとりの旅は

旅に見し君と同姓同名の苔むす墓石いまもありなむ

地図帳に人間の道ひかれあり魚鳥（うをとり）どもの道も加へよ

魚鳥の生(よ)をやさしめばにんげんに家あり死して入る墓あり

余計なるものは持たずと決めてするわが旅支度はた死に支度

目的をもたずに発てるひとり旅いづくに終り迎ふるもよし

単一の国語の統ぶるこの国をひと世いでずも　空に鳥雲

## 男時女時

これの世のすべてのものに〈時〉があるその時をこそわがしりたけれ

ひめやかに身ぬちを水のごとくゆく男時(をどき)女時(めどき)に目をこらすなり

淙淙と時の流るる音ならむ耳をふさぎてゐてもきこゆる

ただ今といふ一点を縫ひてゆく幽けきかなや風水の音

わがいのちまるごと浮かべ流れゆく時間に緩急寒暖ありて

きのふけふ同じ食餌をとるわれをなにかはらずと思ふ錯覚

とどまらむすべなきわが身ただ今の誠が明日の誠とやなる

そこかしこ机の創(きず)はわがつけしままにとどまる時のおもてに

水に流すもの多くあり時間よりいくばく速き流れに乗せて

掌上のわが〈ただ今〉はさらさらとさらさらと無へおちこぼれゆく

# 睡魔

日常の隙間のごとき刻ありてつつと睡魔がしのび入りくる

直球のごとく襲ひてくる睡魔わが身は後へも先へもひけず

悠久の大河へ五体投じたるごとくそれより不覚のねむり

足裏を立てて眠れりかまはるるなき足裏の安けきかたち

日の光受くることなき足裏が身の潔白のごとくに白し

ねむりより目覚めむとしてわたくしの居場所咄嗟におもひいだせず

くりかへす眠りと一回きりの死とふたつのねむりなくてはならず

千年をねむる木乃伊のひらきたる眼窩ゆわれの怯えひろごる

眠りこそひとつ真実　うつし身の内を流るる天与の時間

生ける身にいただく食と睡眠とこの賜物に不足あらうか

くらやみに醒めておもへば半生は無為のねむりの間（ま）にゆかしめき

## いのち重たし

臍の緒の切らるる刹那まるごとに引き受けたりしおのれの生死

赤子（やや）の口にくくといでくる笑ひごゑいのちがぢかに欣（よろこ）べるなり

ことばもたぬ嬰児が母にゑみかくる生れし者の不可思議の知恵

みどりごは全身で哭く満員の電車の人の耳目あつめて

汝もまたこの世に生（あ）れてなが生死ひきうけし者笑へよ泣けよ

苦の内に水泡（みなわ）のごとくよろこびの湧くいのちとはなんと手ごはき

悠久のひかりを受けて生くる身はくまなく透視されゐたるべし

なにいろに染まるともなきわたくしの美醜のらちのほかなるいのち

わがいのちかくも熱きかけふの暑は体温並みとテレビが報ず

空が青いだけでも生きてゆけるとふ　今日のわたしはうなづきてをり

生死をば入るる肉体　天の鳥水の魚(うを)よりずしりと重し

## 悲の結論

生れこしなべてのものに死にどきのある一大事いかにかもせむ

病院を死に場所とする人間の死にどきいよよ混沌とする

延命に生かされながらみづからのいのちにいかな責任負はむ

どなたにも真似のできない死にやうのたつた一つが与へられゐて

生れたる唯一無二の責任として人は死ぬじゆつなかりけり

住む家を選ぶがごとく死のあとの始末にあまた選択肢あり

入棺の体験などもさせくるる死の商売が繁盛をする

死にどころ死にどき心得たる祖ら諄諄（じゅんじゅん）として従ひゆきし

ちちははの死に顔しらず冥界を粛粛とゆく死者たちの列

あとさきも序列もあらず娑婆界を遁走し逝く人、人、人ら

われよりも若く逝きたるたれかれを眠りのまへに思ひ浮かぶる

電話にて声のみをしる人のこと死後もその声のみで思へり

食欲の失せたる面（おもて）しづけくも出でくるものか死相といふは

生きてもつ食の欲をば生きものの悲の結論のごとくかなしむ

待つといふおもひは人にのみありてうつし身われの待てる死ひとつ

自然治癒せぬその時はいさぎよくわが身病魔に呉れてやらむか

死者たちはまなこを閉ぢしままわれをくまなく正視してゐたりけり

## 老いの作法

億年をかけて老いゆく青山に位負けするわが生も死も

禽獣の老いのありさましかと見むわが身の老いの作法にすべく

老醜は心の醸すにほひにてむやみに近よりたまふな人よ

みづからを姨捨山に捨てにゆく心得ありし遠世の姥ら

姨捨の山にいでくる名月はこの世かの世の姥を照らさむ

老ゆること止(や)めたる死者よ捨てられし者のごとくにわが齢(よはひ)積む

ままならぬ世の次にしてままならぬおのれの五体ままならず老ゆ

「老人」になる齢(とし)決める法のもとおのがじしにぞ人は老いゆく

不公平理不尽のみの世の中は死が締めくくるまでの辛抱

死は一語一音をもて簡潔にわれのひと生を締めくくる文字

長寿天国

老齢の線引きに入る人口がにっちもさっちもゆかぬ日がくる

老人を減らさむために老齢の線引きまたもひきあげらるる

これからのわれらは国家公認の〈後期老人〉酸いか甘いか

デイ・サービスの車きたりて路地裏の老人どもをかき集めゆく

空白の三年があり順待ちの介護施設へ入るためには

介護受くる人を見舞ふは健常の者らの犯す暴力ならむ

老いびとの最後にのこる救ひなりその物忘れ咎めたまふな

皺ふかき老いの面に消てをるか「醜」の漢字のうちにゐる鬼

長命のご褒美としていただける老耄なれば拒むよしなし

天国は天上にあり地上なる「長寿天国」なにやら胡乱(うろん)

引きぎはをもたぬ生涯現役の世代ぢりぢりせりあがりくる

姥ざかり

その昔どこにでも居し老婆らをつひぞ見かけぬ　失せたるならね

言の葉にことばの実の添ひし世の老女は老女の顔をしてゐき

昔ばなしに登場をする老婆らはほんにまことの老婆なりしよ

美しく齢(よはひ)かさぬるなどといふ科白が女をそんな気にさす

死ぬるまで老いずと決めし女らか老いの居場所のあらぬこの世に

盛況を讃へむかなやおほかたは老女の占むる短歌教室

たつぷりと時間をあます熟女らは世界一周船旅に発つ

# 晩年

終点のみえぬひと世のどのあたり晩年とよぶ領域に入る

よろこびとせしもの一つづつ消えて晩年はくる気配しづかに

けふひと日よきこと一つありて足る砂中の小石ひらへるごとく

余生とはあとの祭の気分にてその喪失のなごり恥(やさ)しも

〈ねばならぬ〉ことのいくつかこれの世の義務のごとくにわが身にのこす

人の気がしれぬとおもふことばかりいやましにます齢とはなる

若き日に想ひも及ばざりしその齢となりていま思ふこと

若さとは何かといふに答あり老いにはしかと答もたねど

雑用をすべて切り捨て生きるとは願はしうしてどう生きること

禽獣に雑用ありやただ生きることがすべてのやうなる彼ら

これの世を仮りの世とよぶ本当の世があるからかないからなのか

かなしみとせしものの影うすれつつ命終は来むわれの背後に

いついかに死するともよき身の自由ひとり生きゆく武器にもつなり

## 忘れもの

かずしれずする忘れもの咎めねどおのれの死さへふと忘れゐる

ひきかへすなき道中のそこかしこ置かれしままの忘れものたち

人の世のおほかたのもの揃ひゐる駅構内の遺失物室

引き取り手なき忘れものそのなかにどなたさまかの骨壺もある

先刻はありし消しゴム忽然と消えたるわけのわからずじまひ

探すゆゑ無いのであれば忘れもの忘れしままにしておくとせむ

みづからも気づかぬままの忘れものこの世へあまた遺してや逝く

# 平和のシンボル

## 鳩

鳩どもをシンボルとする平和とは鳩の知つたることにはあらじ

一枚の紙にも裏と表あり〈平和〉の裏はたれも言はねど

ああ平和たれしもが言ふそもそもの平和の顔をわたしは見たか

鳩どもが平和のシンボルなるわけを知らざる衆のひとりぞわれも

まるごとの鳩料理などいでこずや宮中晩餐会のテーブル

平和ぼけといふ呆けもあるみづからの気づかぬうちに罹りゐるらし

かの歌手ら老ゆることなく歌ひをり平和の戦後七十年を

## 街を歩けば

〈I〉

忍者らの隠れ蓑めく白マスク覆面の人街をゆきかふ

街をゆく人らをうつすウィンドーにゆくりなく見し他人の私

何の列とたしかめずして行列の後方（しりへ）にまづは並ぶ人ゐる

はるばると海を渡りてこし野菜大安売りのわけしらず買ふ

外国産野菜がたたき売りさるる野菜とばかりばかになさるな

小さきは値打ちのあらず「世界一」「巨峰」と命名さるる果実ら

この国になき官名のつけられて「大統領」とは偉大なる桃

爆買ひといふ言葉にも行為にもなにやら欠ける人の品格

## 〈Ⅱ〉

集団の観光客が飲みながら食べながら来る都大路を

集団の巨体の観光客らにはなんとも狭い古京の大路

二人分の座席を占むるその巨体一人前の切符で座る

街なかをものを食みつつ歩くのもすべて〈個人の自由〉なり世は

歩きつつアイスクリームを舐めてゐる　私のなにがわるいのですか

堂堂とものを食みつつ街をゆく彼、彼女らはただただつよし

人まへでものを食むこと泣くことをきつく恥ぢたりわが親の代(よ)は

飲み食ひのさまに最もあらはるる彼らの人品骨柄すべて

〈Ⅲ〉

人まへであつけらかんと化粧する女が座る昼間の電車

手のうちのスマホみつめてゐる人ら電車の席にほれ路上にも

車窓いつぱいひらける景色むだにしてひたすらスマホをのぞける彼ら

半日はスマホに操られてゐる半人間がわが前に居り

人類の総白痴化をもくろむやポケモン怖しかの魔女らより

ポケモンをボケモンと読みちがへたるわが近眼を人には言はず

日進月歩

文明は〈明（めい）〉を好めり煌煌（くわうくわう）と灯せる昼の庁舎ビル群

人間の頭（づ）より賢きロボットが働く世紀まざまざとくる

人よりも賢きロボット人ほどにずるがしこくはまだなりをらず

文明の進歩にあはせ奇病らも負けてはをらずによきによきと出づ

素朴なる病に祖ら逝きたりき難病奇病のまだいでぬ世に

今われに最も親しき歯科医師のマスクの下の素顔はしらず

わが医師はわたくしを見ずパソコンにむかひてわれに診断くだす

パソコンの操作をまなぶよりも今なすべきことがわたくしにある

アラジンの魔法のごとく全自動トイレの蓋がしづしづとあく

登りきれば必ずくだるほかなきを日進月歩の世とぞ称ふる

軽く薄く小さくなれる道具らを文明進歩の証としたり

文明におきさられたる孤島をばたれか名づけて楽園とよぶ

## 防犯カメラ

防犯のカメラ監視と書かれある下でうろうろ買ひ物をする

防犯といふ正統な理由あり盗みどりするカメラ側には

犯人の一候補とて撮られゐむ防犯カメラの目の中のわれ

犯人にあらねどわれは防犯のカメラの下を避けて通りぬ

境内の隠しカメラでかの寺は賽銭泥棒をみごとに捕ふ

防犯のカメラは集合住宅のゴミ捨て場にも設置をさるる

ゴミ捨てに行くにカメラの目があれば衣服ととのへ堂堂あるく

防犯のカメラがわれを見下ろせりそんな所で威張りてをるか

隠しカメラの目線をもちてわれもまた路上の人を偸(ぬす)み見るなり

防犯のカメラとひとの見張る目とどちら怖いかカメラ怖いか

## 肥満

ほしいままものを食らひて人間の肥満とめどもあらずにすすむ

肥りすぎの世に次つぎとあらはるるダイエット法たちまち流行る

富者(セレブ)らの肥満の巨体乗せて発つ白亜の巨大クルーズ船は

戦中の子らに肥満児なかりしはたつた一つの済(すく)ひなりけむ

戦中の飢ゑに痩せたる子らほどにダイエットしてみせてごらんよ

人さまのペットとなりて飼はれゐる犬猫どもも肥満ぎみなり

人間に飼ひ馴されて堕落せしペットら狩りをするすべ忘る

飼ひ犬の誕生日とて与へやるドッグ・ケーキぞ犬よ旨いか

着るものに煩ひもたぬ禽獣らさらに食ふ口要らぬ草木ら
食ふために使ふ時間の要らざらばいかにかわが世つかひおほさむ

## 分別

分別(ぶんべつ)を好める国にこまごまと老いも芥も仕分けをさるる

学校の成績五段分けされてこの子の頭五ばかり詰まる

五のうちのトップとビリと同じ五に子らの数だけ段差がありぬ

一番といふことにのみ意味ありて以下は二番かビリかを問はず

要介護五の老人と成績の五の子とどこかなにかが似たる

青眼（せいがん）といひ白眼（はくがん）といへる色目の色なればくるくるかはる

## 恥をしる

恥ふかく生きたる親ら子を叱るきまり文句に恥しれといふ

大人らは子供を汚す(よご)ＣＭに臆面もなくものを言はせて

大学の卒業式に親どもは臆面もなくつきそひてくる

天のほか見るものもなき高層のひとり暮しの恥は掻きすて

掻きすてのこの世の恥は吹く風に無常迅速散り失せゆかむ

旅の恥は掻きすてといふ　わが祖ら一生旅に出づるなかりき

〈心(しん)〉と〈耳(じ)〉の衰へてゆく老年の厚かましさを恥としるべし

## テレビ王国

寸秒の遅速もあらず国中のテレビが同じ画像をながす

たわいなき画面求むる人達の視聴率こそすべてのテレビ

ＣＭがずたずたに裂く名映画ただゆゑ我慢して見をはりぬ

効率のわるき読書をするよりもテレビにすべて教へてもらふ

目と耳を素通りしては消えてゆくテレビの教育番組どれも

女性アナを「女子アナ」とよぶいささかの軽さを女子なる言葉に添へて

逃げてゆく車に迫る大津波空よりうつすカメラの目あり

縮小と拡大自由自在なる動画の中のまことのキリン

ど素人の芝居みせられゐるごとし議員演ずる政治討論

政治家の失言多し失言をせぬ輩（やから）よりまだよしとすか

テレビこそたやすく国をかへゆかめ手練（てだれ）の彼ら政治家よりも

それほどに嘆かふことかチャンネルを切りて今宵はおしまひとする

ことばの武器

〈あァ〉こそは世のはじまりの音にして赤子あかあか、ああ、ああと哭く

五十音名簿はじめの「東（あづま）」姓わがもつゆゐの損得もある

愚か者を「馬鹿」と書けども馬・鹿はわたくしよりも聡き生きもの

「失笑」の文字に赤線引きてある辞書のページが偶然ひらく

「ゲットする」「チンする」といふ新語はや国語辞典に堂堂とのる

スピードのます世につれて頭切り尻を切られて言葉痩せゆく

しつぽをば切らるるとても生きてゐるしぶときかなや尻切れ言葉

はやり言葉はやるわけなどしらぬまま聞きながしをりそのうちに消ゆ

文語文法なほも守れる歌なんどつくりてわれは世に無視さるる

真芯より腐りゆく梨　日本語の頽（くづほ）れてゆく気配に似たり

小国日本広かりしかな皆みながお国言葉を口にせし日は

人間の寿命伸びゆくこの国に言葉いよいよ短命となる

力なき者が唯一勝つために言葉の武器といふものをもつ

殺したきものはあれどもいまだわが使はぬ必殺殺しの文句

# 笑ふ

〈I〉

ハ、ヒ、フ、ヘ、ホなる笑ひ声ことばより人の情(こころ)を直(ぢか)に伝ふる

ハハ、ヒヒもフフ、へへ、ホホもまぎれなく人の笑ひよなにが如何(どう)した

にんげんになりそこねたる猿どもが人の笑ふをまじまじと見る

哭く声ときこゆる頭上の鴉らはあるいは笑ひてゐるやもしれぬ

愛想よくゑみかけてくる笑顔にはまづご用心めされとかや

愛想のよき人みなに好かれゐてどなたさまにも愛されをらず

人を許す苦笑許さぬ冷笑もともに声をばころせる笑ひ

声たてぬ冷笑なれば笑はるる人らはとんと気付きてをらず

常識のなきやからども嗤はれて常識人を安心さする

大笑ひならざる君のばか笑ひいささか腹の底が淋しい

飼ひ猫の笑はぬごとく飼ひ主の独りぐらしの老女笑はず

おもしろくなくとも笑ふ人間の笑ひいつさいあなたはもたず

福をよぶ笑ひとぞいふ「福笑ひ」　お多福さんは醜女（しこめ）なりけり

ゑむ者に福の神来る　信ずるも嘘とおもふもその人次第

## 〈II〉

いつせいに笑ふ写真のまんなかにわが笑ひゐる容（ゆる）しがたかる

ハイチーズといはれてつくる笑ひ顔わづかにわれの笑ひ出遅る

台風の天気予報の大当り大外れひそとわがほくそゑむ

ゑむことのかはりに泪流れ出づもつてのほかのなみだなれども

それを言つてはおしまひといふせとぎはに妙薬笑ひ薬をつかふ

人さまに見せてはならじ思ひだし笑ひなどするおのれの顔は

泣かずとも笑はずとてもかまはないおひとりさまのわがくらしあり

## 首（かしら）

〈I〉

名人の名を継ぎにつつ伝へこしひとすぢの芸日の本にあり

裃をつけし男の集団がつくる文楽一会（いちゑ）の舞台

にんげんが木偶（でく）の仕種にかなはない不思議の舞台創りいださる

二十五年の修業をつみて木偶遣ひ一人前になりゆくものか

遣ひ手の脂(あぶら)のしみる人形の首(かしら)が並ぶ　なまめかしかる

魂を抜かれて並ぶ人形の首ふとしも死者より不気味

床本(ゆかほん)はおしいただきてより開く本への礼儀いまに守りて

人形の笑ひをわらふ住大夫の顔苦しげに全身ゆがむ

少年の三味線弾きがチリチリと恋の苦をひく顔のすずしさ

三味線のチンと響(な)るとき舞台にはハラリひとひら音の雪ふる

玉男・簑助つかふ「曾根崎心中」をみし眼福ぞ今や昔の

文楽の名人またも消え逝きし舞台にしんとひらく空洞

文楽にかよひつづけて五十年人形老いず遣ひ手老いき

情（じやう）をかたる文楽といへ人情の消えゆく国になほも生くべし

〈Ⅱ〉

―艶容女舞衣（はですがたをんなまひぎぬ）―

にんげんのあなたに逢ひにゆくごとく簑助つかふお園観にゆく

簑助の遣ふお園はうつそ身の女よりげに女なりけり

その立ち居しとやかにして文楽の木偶の女に脚なかりけり

三人でつかふお園の立ち姿一分の隙もあらざりけりな

手と足をつかふ黒子(くろご)は簑助の左右にぴたと存在隠す

悲しみは澄みきはまりて慈悲となるお園を遣ふ簑助の手に

悲しみのきはまるお園遣ひゐる簑助の顔しんと静けし

深閑としてあやしかり人形を遣ふ名人のその無表情

## 画廊にて

―ピカソの女―

どちらより描きはじめたるカンバスに八方を向くピカソの女

顔面をはみだす巨き目をもちてピカソの裸婦が八方睨む

裸婦像の絵の前に立つわがうちの羞恥は裸婦にみすかされゐむ

単純にして明らけきいのちなりピカソのゑがくはだかの女

—モジリアニの女—

モジリアニの女のなげきもれいづる瞳を入れぬふたつの目より

モジリアニの女のほそく長き首なほも伸びゆくパリの夜あらむ

かそかにも女の長き首曲がる頭のおもたさに耐へかぬるごと

頽廃といふ不可思議の魅力など絵の女よりただよひいづる

—守一の蟻—

幼子が無心に引ける線に似て守一ゑがく雨だれのつぶ

立体のからだのかたちきはまれる線描の猫カンバスに居り

娘ごが守さんとよぶ父親の熊谷守一全身絵かき

庭に棲む蟻の時空に入りびたるまことに熊谷守一仙人

どの足が先に動くか蟻を描く守さんいまの最重大事

水中に水母の足のうごくさま熊谷守一ならば如何(どう)描く

蟻んこも小石も土もそのいのち光れ光れと守さんゐがく

## 電話

急用のほかにつかはぬ電話ぞといへば人らのうすく笑へり

どなたともしれぬ受話機の向かうより慇懃無礼に誰何をさるる

おかまひもなしに呼びだしくる電話ただ今われは昼寝中なり

やすやすと呼びだされてはたまらない携帯電話機わが身につけず

携帯につながれ胸のポケットの彼とはいつも一緒の彼女

携帯につねにつながれゐる二人〈恋人〉とよぶ言葉が古し

手紙より電話便利といふ君ら　こちら居留守をつかふ手がある

ダイヤルをプッシュホンへと換ふるわけわれになければそのままつかふ

ダイヤルを回しゐるまのいく秒の遅れがわれの不覚となるか

一瞬を死者のこゑかとひるみたる留守番電話ただちに切りぬ

数学者かの岡潔（きよし）先生は電話俗なりと退（しぞ）けたまひき

ダイヤルを回す電話機ありしともしらぬをさなら世に育ちゆく

先方の都合かまはず呼びいだす無礼の利器ぞ世を制せしは

## 手紙

業務用広告チラシその中に白き封書が一通まじる

印刷をされし手紙に一字づつわれは手書きの返事を書けり

手書きよりタイプの速く打てる手をそらおそろしくわれはながむる

癖のある手書きの文（ふみ）を手にとればそれはそつくりそのままあなた

遺されし文をよみつつ在りし日の記憶の点を線に結ひゆく

みづぐきの跡をとどむる文にして亡きのちの世を美麗にのこる

無言歌

飛び立ちし鳥のごとくに還りこず書きとめざりし夜べの歌屑

推敲は見せ消ちにして並べおく手がきの一首成るまでのままを

わが歌に身丈のありてそこよりは遠くへ翔びたちゆけぬ言葉ら

わが歌を真面目に読みて下されしたれかれすでに世の人ならず

おくりたき人のあなたは死者なればわが無言歌よ彼岸へ届け

# 後記

戦後は終った――敗戦後の日本が高度成長期にむかう昭和のある時期、しばしば耳にした言葉であった。

たしかに〈戦争〉は終った。しかし、〈戦後〉という時間に終りはあるのか。終止符を打てぬものが時の流れであるならば、われわれの戦後は、今も終りなく続いていよう。歴史にのこした戦争の数だけ、われわれは戦後を背負っているとも言えよう。

敗戦から七十年あまりが過ぎた現在、戦争を直接体験として語ることの出来る人達が消えてゆこうとしている。過去の戦争を記録や映像でしか知ることの出来ない戦後世代の増加。そうした社会の現実が、なにか私を不安に、落ち着かせなくさせる。

戦後も死後も、その〈後〉という終りのない時間をしかと受けとめ、確認することが、私の〈今〉を生きることにつながる。

私の作歌は、戦後の時代や社会、とりわけ父達戦死した者の無念をすくいとるささやかな手段でありたいと思う。

前歌集『晩夏』を上梓して以降、前集におさめきれなかったそれらもろもろの思いが、やはりなおのこる。

『晩夏』の拾遺としての作品をあらたにまとめて、ここに第八集とした。

前歌集にひきつづき、青磁社の永田淳氏には、歌集上梓のすべてをお世話いただいた。

また、友人の画家松生歩さんには、このたびも口絵を頂戴し、歌集を飾ることができた。あわせて厚く感謝と御礼を申しあげたい。

平成二十九年七月一日

東　淳子

歌集　とはに戦後

初版発行日　二〇一七年九月二十九日

著　者　東　淳子
奈良市杉ケ町五七―二日興スカイマンション九〇一
（〒六三〇―八三五七）

定　価　二〇〇〇円

発行者　永田　淳

発行所　青磁社
京都市北区上賀茂豊田町四〇―一（〒六〇三―八〇四五）
電話　〇七五―七〇五―二八三八
振替　〇〇九四〇―二―一二四二二四
http://www3.osk.3web.ne.jp/~seijisya/

装　幀　加藤恒彦

印刷・製本　創栄図書印刷



ISBN978-4-86198-388-7 C0092 ¥2000E